COLLECTION
CH. DELAGRAVE

PARIS.

LE THÉATRE

DU

PETIT HUGUES

PAR

JEAN DESTREM

———◆———

PARIS

LIBRAIRIE CH. DELAGRAVE

15, RUE SOUFFLOT, 15

—

1880

LE THÉÂTRE

DU

PETIT HUGUES

Véritablement, c'est
plaisir de voir un enfant
comme le petit Hugues :
ce matin, il a très bien lu ;
ensuite, il a écrit sa page
sans faire une seule faute.
Aussi on lui a permis de

jouer tout le reste de la journée, avec la grande boîte pleine d'animaux que son parrain lui a apportée la veille.

Le petit Hugues est au comble de la joie ; dans cette boîte, il y a des arbres en sapin frisé ou orné de houppes de mousse, ce qui imite très bien les feuilles ; et puis des bêtes de toutes les espèces, peintes

dans la plus grande perfec-
tion ; il y a enfin, dans la
boîte, des bergers, qui ont
des chapeaux de bois ronds
comme des galettes.

Il annonce qu'il va don-
ner une grande représen-
tation sur la table de la
salle à manger. Appro-
chons-nous tous, nous al-
lons nous amuser.

Le petit Hugues com-
mence par vider complè-

tement sa boîte ; puis il la place, renversée, au milieu de la table. Cela fait une montagne. Il y met des arbres. Ensuite, il range d'autres arbres autour de la montagne. Il met tous les arbres ; il y en a au moins dix-sept. Cela fait une forêt.

Maintenant, le décor est posé. Attention, c'est le moment d'écouter. Comme les acteurs sont en bois, le petit Hugues parlera pour eux. Ça, c'est très juste. Pour le même motif, c'est lui qui leur fera faire les mouvements, c'est encore très juste. Vous pensez bien que Guignol lui-même n'est pas en vie ; s'il remue et s'il parle, c'est que le maître du théâtre le fait remuer et parler. Par conséquent, nous n'irons pas dire au petit Hugues, quand l'âne parlera : — Tiens, c'est toi qui parles ! Et quand le cheval se mettra à courir : — Tiens, c'est toi qui le fais galoper !

Ce serait se montrer taquin, et Hugues aurait le droit de vous répondre :

— Vous n'êtes pas gentils.

La première pièce que

l'on va nous jouer a pour titre :

LE PETIT COCHON

Nous connaissons le décor : au milieu de la scène, une montagne ; des arbres sur la montagne, et des arbres autour de la montagne. Le directeur frappe les trois coups : une, deux, trois ! avec son pied.

SCÈNE PREMIÈRE

UN PETIT COCHON. (*Il est blanc, avec de jolies taches noires sur les oreilles.*)

— Couic, couic, couic ! Quel bonheur qu'on ait planté beaucoup de chênes dans notre forêt ! Je trouve des glands par terre tant que j'en veux. J'en ai déjà mangé une fameuse quantité depuis ce matin. Regardez mon ventre, voyez comme je suis gras! Couic, couic! Ah! encore un gland; couic! je le mange.

SCÈNE II

LE PETIT COCHON, UN HOMME MÉCHANT (*peint en vert, couleur de l'envie*) : *c'est un homme envieux, jaloux de tout le bonheur qui arrive aux*

personnes *de sa con-*
naissance.

L'HOMME MÉCHANT.

Qu'est-ce que tu fais là, petit cochon blanc et noir? Tu as l'air bien content. Je voudrais savoir qui t'a permis de te promener et de jouer dans cette forêt. Allons, va-t'en d'ici !

LE PETIT COCHON.

Monsieur, c'est ici la forêt des animaux. On

L'homme donne

coup de couteau.

nous l'a donnée pour cou-
rir et pour nous amuser.
Elle nous vient par héri-
tage d'une dame qui ai-
mait les bêtes, qui les ca-
ressait, et jamais ne les
battait. Nous étions tous
ses amis.

L'HOMME MÉCHANT.

Comment! une forêt à
un petit cochon? Elle n'est
pas à toi le moins du
monde, cette forêt.

LE PETIT COCHON.

Mais si, elle est à moi et à tous les autres. Allez à la ville, chez le notaire, et lisez le testament de la dame. Nous sommes ici dans notre forêt. Vous n'avez pas le droit de nous renvoyer; c'est vous qui êtes chez nous.

L'HOMME MÉCHANT.

Je suis chez vous ? Tu sauras que je suis ici chez

moi, si je veux : car je suis plus fort que toi. Je vais te le prouver en te chassant de ce bois.

LE PETIT COCHON.

Vous êtes donc un homme méchant?

L'HOMME MÉCHANT.

Tu m'as appelé méchant! Eh bien, tu vas voir. Je vais te donner un grand coup de couteau. (*L'homme donne un coup de cou-*

teau, le petit cochon fait :
couic ! et tombe mort.
L'homme se sent coupable
après ce qu'il a fait. Il
reste adossé à la montagne,
sans bouger, ayant des remords.

SCÈNE III

LE PETIT COCHON (*mort*),
L'HOMME MÉCHANT ; UN
ÉLÉPHANT, UN CHEVAL,
UN ANE, UN BOEUF, *en-*

trent en causant de leurs affaires.

LE BOEUF.

Qui donc est couché là? Tiens, c'est le petit cochon. Hé! petit cochon, tu dors? Il ne remue pas. Ah! il est mort! regardez donc, éléphant, le grand coup de couteau qu'il a reçu. Qui a fait cela? c'est affreux. Son sang coule sur l'herbe... (Aperce-

vant l'homme.) Monsieur, est-ce que c'est vous qui avez tué le petit cochon?

L'HOMME MÉCHANT.

Oui, c'est moi. Il m'ennuyait.

LE BOEUF.

C'est commode à dire.

L'ÉLÉPHANT.

Comment! vous venez dans notre forêt pour nous tuer? C'est un peu fort!

Et si je vous tuais, moi aussi, avec ma trompe?

Je vous en prie, ne me faites pas de mal !

Puisque vous ne voulez pas qu'on vous fasse de mal, pourquoi en avez-vous fait au petit cochon?

Ma foi, je vous croyais loin....; je me croyais seul

avec lui, pour vous dire
la vérité.

L'ÉLÉPHANT, *à part.*

Cet homme a des raisons
un peu... Si je ne respec-
tais madame l'oie, je di-
rais qu'il est stupide comme
une oie; mais ce sont là
des comparaisons peu con-
venables, qu'il ne faut pas
employer quand on a l'hon-
neur d'être animal. (*Haut
à l'homme.*) Nous allons

examiner votre affairè.
(*L'éléphant, le cheval, l'âne et le bœuf entourent l'homme.*)

LE CHEVAL.

Il faut le mettre en prison pour six mois au moins.

L'ANE.

Non, il faut le tuer, puisqu'il a tué le petit cochon.

SCÈNE IV

LES MÊMES, UNE BICHE. (*Cette biche est la fée des animaux de la forêt.*)

LA BICHE.

Qu'est-ce que j'ai entendu? Vous voulez tuer quelqu'un? Quel est le méchant qui a tenu un pareil propos?

L'ANE.

Regardez, madame la

fée; il y a ici un homme
qui a donné un grand coup
de couteau au petit co-
chon.

LA BICHE.

C'est abominable.

L'ANE.

Aussi, j'ai dit : Il faut
lui faire ce qu'il a fait au
petit cochon.

LA BICHE.

Alors, vous seriez donc
aussi méchant que lui?

Oh ! si la dame qui vous a donné cette belle forêt vous entendait parler ainsi, âne ! (*L'âne ému ne peut retenir ses larmes à ce souvenir, on l'entend s'écrier pendant cinq minutes : Hi; han ! hi, han ! Tous les assistants en ont le cœur fendu. Le bœuf fait : Meung ! meung ! avec un accent pénétré; le cheval pousse des soupirs : Hin ! hin !*

hin! hin! L'éléphant envoie de petits cris plaintifs et essuie ses yeux du bout de sa trompe.)

LE CHEVAL.

Pour ma part, j'ai dit simplement : Mettons-le en prison pour six mois.

L'HOMME.

Mais, si on m'enferme, je ne pourrai pas donner à manger à mes enfants; ils mourront de faim.

L'ÉLÉPHANT.

Combien avez-vous d'enfants ?

L'HOMME.

J'en ai quatre.

L'ÉLÉPHANT.

Eh bien, faites-les venir ici. Nous les nourrirons, et nous jouerons avec eux dans la forêt, pendant que vous ferez votre prison.

L'HOMME.

Non. Ils mourraient de

Je vous en prie, ne me faites pas de mal.

peur en voyant votre grosse trompe.

L'ÉLÉPHANT.

Vous avez donc peur de ma trompe ?

L'HOMME.

Oh ! oui, monsieur l'éléphant, très peur.

LA BICHE.

Il faut pourtant qu'il soit puni. Éléphant, donnez-lui un bon coup de votre trompe sur le dos... (*Bas à l'é-*

léphant) pour l'effrayer seulement; faites semblant de le frapper.

(*L'éléphant se dresse sur ses pieds de derrière, et lève sa trompe de la façon la plus terrible.*)

L'HOMME, *tombant par terre.*

Ah! je suis mort! Je vous en prie, pour mes petits enfants qui m'attendent à la maison, ne me tuez pas. Je ne serai plus jamais méchant.

LA BICHE.

Jamais, jamais?

L'HOMME.

Je vous le jure. Si je pouvais rendre la vie au petit cochon, je le ferais.

LA BICHE.

Vous voyez, vous avez fait un mal que vous ne pouvez réparer, malgré vos remords ; que ceci

vous apprenne à vous con-
tenir au moment où la co-
lère vous prend.

L'HOMME.

Oui, madame.

LA BICHE.

C'est bien ; partez, hom-
me, et tâchez de vous rap-
peler ce que vous m'avez
promis.

L'HOMME.

Oui, madame, je ne fe-
rai plus de tort à personne.

(*Il s'enfuit de toutes ses jambes.*)

SCÈNE V

LES MÊMES, *moins l'homme.*

TOUS, *à la biche.*

Madame, vous êtes notre fée; il ne faut pas que le petit cochon reste mort, autrement il y aurait une injustice.

LA BICHE.

Vous avez raison. (*Elle*

touche le petit cochon de sa fine petite patte.)

LE PETIT COCHON, *se levant.*

Couic! couic! je crois que j'ai fait un somme. Ça m'a mis en appétit. Couic, couic! je vais aller manger des glands. Bonjour tout le monde! et mille pardons! je suis un peu pressé.

TOUS, *en riant.*

Ah! ah! le gourmand! Maintenant, tout est arrangé, promenons-nous dans notre forêt.

(Fin du *Petit Cochon.*)

— La pièce est déjà finie? c'est dommage. Dites-nous, monsieur Hugues, ne pourriez-vous nous en jouer une autre?

— Ce n'est pas l'usage, il me semble, de jouer deux pièces de théâtre dans la même journée.

— Si, ça se fait souvent.
Voyez Guignol : on re-
commence à donner deux
sous, et Guignol joue une
seconde comédie.

— Eh bien, je vais en
jouer une autre... toute
petite :

LE PETIT ENFANT ET LE LOUP

— C'est le titre de cette
seconde pièce ?

— Oui.

ı — Bravo ! Écoutons. Si
elle est aussi intéressante
que la première, nous n'au-
rons pas perdu notre
temps.

— Je commence.

SCÈNE PREMIÈRE

UN PETIT ENFANT. (*Il a un
chapeau jaune très gen-
til et une robe rouge.*)

J'aime beaucoup me promener dans la forêt des animaux. Tous les diman-ches, j'y viens. Quelque-fois je rencontre l'âne ; il me laisse monter sur son dos et il me porte long-temps, longtemps. Nous jouons. Le cheval aussi m'a invité à grimper sur lui, mais j'ai peur de tom-ber, il court trop vite. Les petits lapins, quand je passe devant chez eux,

me disent : Entre donc
dans notre maison, mon
garçon. Mais c'est pour
rire : ils demeurent dans
de petits trous où je ne
peux passer que le bras.
Quand j'ai envie d'une
fleur, et qu'elle est trop
haute pour ma main, l'éléphant la prend avec sa
trompe et me la donne;
l'autre dimanche il m'a
cueilli un gros bouquet de

lilas et de chèvrefeuille que j'ai rapporté à maman. Cet éléphant est la personne la plus aimable du monde. Maman m'a chargé de lui offrir une brioche pour le remercier de sa gracieuseté. Et voilà. Je m'amuse joliment ici. Il n'y a guère que le loup dont je me défie un peu.

SCÈNE II.

L'ENFANT, LE LOUP.

LE LOUP.

Encore ce petit garçon qui vient ici continuellement ! Cette fois, il est tout seul. L'âne et le cheval sont loin ; l'éléphant fait la sieste ; les petits lapins se reposent dans leur maison aux cinquante corridors ; pendant que personne ne me regarde, ma foi, j'ai envie de le manger.

L'ENFANT.

Bonjour, monsieur le loup; vous vous portez bien?

LE LOUP.

Pas mal, merci, mais j'ai faim. Hou, hou! je crois que je vais te manger, décidément.

L'ENFANT.

Oh! monsieur le loup,

Le loup

ne soyez pas méchant, je
vous en prie. Je vous em-
brasserai bien.

LE LOUP.

Ça m'est égal, je n'aime
pas qu'on m'embrasse. J'ai
envie de te manger.

L'ENFANT, *appelant*.

Ah! le vilain loup! Ve-
nez, venez tous, éléphant,
cheval, âne; le loup veut
me manger.

SCÈNE III

LES MÊMES, L'ÉLÉPHANT, L'ANE, LE CHEVAL, LE BŒUF, LES PETITS LAPINS.

L'ÉLÉPHANT.

Comment! le loup a voulu manger le petit garçon si gentil qui joue avec nous tous les dimanches dans notre forêt? C'est une affaire incroyable!

Venez tous, éléphant, cheval, âne:..

TOUS, *excepté le loup*.

C'est une chose inimaginable !

LES PETITS LAPINS, *le nez hors de leurs terriers*.

On n'avait jamais entendu parler d'histoires semblables dans ce pays-ci. C'est une honte !

LE LOUP, *honteux et confus*.

Je lui disais ça pour rire.

L'ÉLÉPHANT.

Pour rire? ce n'est pas

bien sûr. Quelquefois, loup, je vous trouve en train de chercher querelle aux agneaux de la brebis, comme dans l'ancien temps. Prenez garde ! si votre méchanceté vous revient, vous serez puni. Nous ne sommes plus des sauvages.

L'ANE.

Il a voulu manger l'enfant; je crois qu'il faut le

mettre dans la prison des animaux.

L'ENFANT.

Puisqu'il dit que c'était pour rire...

LE CHEVAL.

Tu es trop bon, mon petit. Si les méchants n'é‑taient jamais corrigés, ils se croiraient tout permis. En prison, le vilain loup !

LE LOUP.

Êtes-vous bêtes ! je...

TOUS.

Certainement, nous sommes bêtes et nous nous en vantons.

LE LOUP.

Je veux dire : Êtes-vous naïfs ! Je vous répète que je faisais simplement une petite farce à l'enfant.

LES PETITS LAPINS.

Il ment... il a encore ses mauvais yeux des jours où il est en colère.

LE BŒUF.

Bon ! tu feras tes farces en prison.

(Comme il n'y a pas de prison dans la forêt, on attache le loup à un arbre.)

TOUS.

Maintenant que le petit garçon n'a plus peur, nous allons donner une fête. Dansons !

(Ils dansent.)

LE LOUP, *toujours attaché.*

Hé ! là-bas ! écoutez donc. Je dois vous dire une chose : c'est vrai, j'ai pensé un instant à manger l'enfant, je l'avoue, mais j'en suis bien fâché. Si vous voulez jouer avec moi, je n'aurai plus jamais de pensées semblables.

L'ÉLÉPHANT.

Et pourquoi voulais-tu manger ce petit garçon?

N'as-tu pas ici tout ce qu'il
te faut ? de l'herbe, des
fruits, des...

LE LOUP.

Heu ! je vais vous faire
une confidence : je n'aime
pas beaucoup tout ça.

L'ÉLÉPHANT.

Bah ! on s'y fait, des
raisins, des poires : voilà
qui est bon, il me semble...

LE LOUP.

Oui, oui... enfin n'en

parlons plus, je mangerai des poires, puisqu'il le faut.

LE ENFANT.

Et puis, moi, je vous apporterai des gâteaux.

LE LOUP.

Des gâteaux... je ne dis pas... avec de la confiture ?

L'ENFANT.

Oui, avec de la confiture ou de la crème, à votre choix.

LE LOUP.

Allons, soit... des gâ-
teaux... Qu'est-ce que
vous voulez, je tâcherai
de m'y habituer...

L'ÉLÉPHANT.

Alors, vous ne mordrez
plus personne?

LE LOUP.

Jamais personne.

L'ÉLÉPHANT.

Vous le jurez?

LE LOUP.

Je le jure.

L'ÉLÉPHANT, *aux autres bêtes.*

Vous entendez? S'il essaye de recommencer, il aura affaire à moi.

(On détache le loup.)

TOUS.

Continuons notre fête : dansons tous comme de bons amis.

(L'éléphant, le bœuf, le

*cheval, l'âne, le loup,
l'enfant et les petits
lapins dansent une
ronde.)*

(Fin de : *Le petit enfant
et le loup.*)

— En vérité, monsieur Hugues, vous nous avez fait passer une très agréable après-midi. Puisque vous composez de si jolies pièces de théâtre, envoyez-les à qui les fera imprimer.

De cette façon, les enfants
de notre connaissance
s'essayeront avec leurs
boîtes à animaux à repré-
senter vos comédies.

FIN

SOC. ANO. D'IMPR. DE VILLEFRANCHE-DE-ROUERGUE.
Jules Bardoux, directeur.

www.ingramcontent.com/pod-product-compliance
Lightning Source LLC
Chambersburg PA
CBHW071250210626
46818CB00013B/732